El loro
de Robinsón

MONTAÑA
ENCANTADA

Antonio A. Gómez Yebra
Ilustrado por Cristina Peláez

El loro
de Robinsón

EVEREST

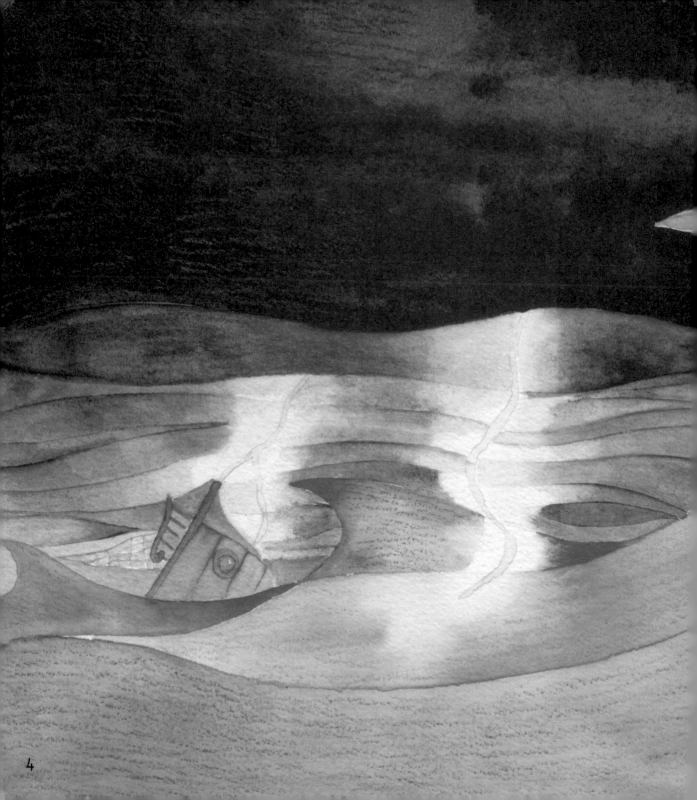

4

POR CULPA DE
UNA TORMENTA, EL
BARCO DE ROBINSÓN
SE HUNDIÓ EN EL MAR.
PERO ÉL, AGARRÁNDOSE
A UNA TABLA, LLEGÓ
HASTA UNA ISLA.

ESTABA MUY MOJADO, ASÍ QUE
SE TUMBÓ EN LA PLAYA PARA QUE EL SOL
SECASE SU ROPA Y PARA DESCANSAR.

TAN A GUSTO ESTABA
AL SOL QUE SE
QUEDÓ DORMIDO.
SE DESPERTÓ
CUANDO NOTÓ
UN PICOTAZO EN
SU OREJA DERECHA.
ABRIÓ LOS OJOS
Y VIO A UN LORO DE
COLOR AMARILLO Y ROJO SOBRE
SU PECHO. ÉL ERA QUIEN LE HABÍA
PICOTEADO LA OREJA.

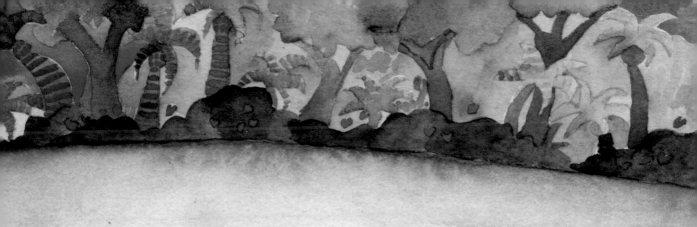

—¡HOLA! —SALUDÓ AL LORO, QUE LO MIRABA DESCARADAMENTE.

—¡HOLA! —LE RESPONDIÓ EL LORO, QUE APRENDÍA MUY DEPRISA.

—ME LLAMO ROBINSÓN. ¿TÚ CÓMO TE LLAMAS?

—LLAMAS —LE DIJO EL LORO.

—ENTONCES, TE LLAMARÉ LLAMAS, PORQUE TUS PLUMAS SON DEL COLOR DEL FUEGO.

—¡FUEGO! —GRITÓ EL LORO, Y SE ESCAPÓ
VOLANDO HACIA UNOS ÁRBOLES CERCANOS.
   —¡NO HAY FUEGO, VUELVE AQUÍ, NO
ME DEJES SOLO EN ESTA ISLA! —LE ROGÓ
ROBINSÓN, QUE NECESITABA HABLAR
CON ALGUIEN.

COMO EL LORO NO VOLVÍA, ROBINSÓN
EMPEZÓ A RECOGER LAS COSAS DEL BARCO QUE
LAS OLAS HABÍAN LLEVADO HASTA LA PLAYA.

ENCONTRÓ UNA SILLA DE PLÁSTICO,
UN GRAN TROZO DE VELA DE TELA, UN
TELESCOPIO NEGRO Y UNA NOVELA
ESTROPEADA.

ROBINSÓN COLOCÓ LA VELA SOBRE UN
PEQUEÑO ÁRBOL Y SE SENTÓ EN LA SILLA, A
LA SOMBRA. COGIÓ EL TELESCOPIO Y ESTUVO
MIRANDO HACIA EL MAR Y HACIA EL RESTO
DE LA ISLA.

LA ISLA ESTABA
DESIERTA, ASÍ QUE SE
PUSO MUY TRISTE,
TANTO, QUE
ESTABA A PUNTO
DE LLORAR.
ENTONCES OYÓ
UNA VOCECITA.

—¡HOLA! —LO SALUDÓ EL LORO, QUE HABÍA
VUELTO CON OTRO LORO DE COLOR AZUL Y
VERDE.

—¿SABES CÓMO PUEDO REGRESAR CON MIS
PADRES Y MI ABUELA?

—VUELA —LE DIJO EL LORO, QUE REPETÍA
TODO.

—NO TENGO ALAS. SÓLO TENGO LA SILLA, EL TELESCOPIO, ESE TROZO DE TELA Y ESTA NOVELA.

—VELA —RESPONDIÓ EL LORO.

—CLARO QUE ME IRÍA EN UN BARCO DE VELA,
PERO NO PUEDO HACERLO. Y NO SÉ VOLAR
COMO VOSOTROS.

—OTROS —CONTESTÓ EL LORO.

ROBINSÓN NO TUVO TIEMPO DE QUEJARSE
OTRA VEZ. LOS DOS LOROS SE FUERON
VOLANDO HACIA LOS ÁRBOLES.

UN RATO DESPUÉS, ROBINSÓN OYÓ UNOS
PEQUEÑOS GRITOS. MIRÓ HACIA LOS ÁRBOLES
Y DESCUBRIÓ MUCHÍSIMOS LOROS DE TODOS
LOS COLORES, QUE SE ACERCABAN VOLANDO
HACIA LA PLAYA.

—OTROS, OTROS, OTROS, OTROS, OTROS...
—GRITABAN TODOS LOS LOROS MIENTRAS
VOLABAN POR LA PLAYA. LLAMAS SE ACERCÓ Y
LE HABLÓ EN LA OREJA:
—¡HOLA! OTROS.
DE PRONTO, TODOS LOS LOROS COGIERON
CON SUS FUERTES PICOS LA VELA DEL BARCO

Y LA EXTENDIERON EN LA
PLAYA. LLAMAS LE PICOTEÓ
LA OREJA Y LE DIJO:
—VELA. VUELA.
ROBINSÓN SE
SENTÓ EN LA VELA Y
MILES DE LOROS LA
LEVANTARON POR EL
AIRE, CON ROBINSÓN
COMO PASAJERO.

Y DESPUÉS SE FUERON VOLANDO,
VOLANDO, VOLANDO.

Dirección editorial: Raquel López Varela
Coordinación editorial: Ana María García Alonso
Maquetación: Cristina A. Rejas Manzanera
Diseño de cubierta: Jesús Cruz

© Antonio A. Gómez Yebra
© EDITORIAL EVEREST, S. A.
Carretera León-La Coruña, km 5 - LEÓN
ISBN: 84-241-8057-7
Depósito legal: LE.825-2006
Printed in Spain - Impreso en España
EDITORIAL EVERGRÁFICAS, S. L.
Carretera León-La Coruña, km 5
LEÓN (España)
Atención al cliente: 902 123 400
www.everest.es